集合吧！
農場瘋狂小戰士

② 火箭逃亡計劃

關景峰 著

K先生 繪

U0108402

新雅文化事業有限公司
www.sunya.com.hk

看看吧！

開心農場及周邊地圖

A 正門
木造的柵欄門，但插了一個鐵門栓，還上着鎖。敵人應該攻不進來吧？

B 主人房間
小發的房間，最重要的東西如電視機、結他、槍械等都放這裏。

C 工具間
這裏什麼材料都有，最適合用來製造各種工具。

D 鴨舍
母鴨麗麗和她的一眾小鴨子居住的小屋子。

E 雞舍
母雞美美和她的小雞手下居住的屋子。

F 兔舍
牛頓和兔子們就在這屋子裏生活，這裏也是他的實驗室啊！

麵包山的山洞
狼大團夥的大本營。家電雖然齊全，不過全部都是撿回來的。

開心農場
這農場的規模非常小，動物不多，但這是我們唯一的家園啊。

 這裏就是我們重新建立的家園——開心農場了。為了做好規劃、保護好自己，我們為農場和這一帶畫了這幅地圖。大家來研究研究吧，但別流傳給狼大他們啊！

優美市

位於北方的大都市。有超市、學校、電視台……都是令我們嚮往的好地方。

蘿蔔農場

位於開心農場幾公里以外，規模比我們的大得多了。

完美山林

這一帶有好多森林，四處都長滿大樹。

G 豬舍

小豬們生活的屋子，別吵着阿呼睡覺啊！

H 訓練場

曾經是羊舍，現在成了動物們散步和活動的場所。

I 牧羊狗之家

木木就是在這裏睡覺，但他總是不在，不知跑到哪裏了。

J 瞭望所

建在大橡樹上，站在上面可看清楚周圍環境。還有通話器和警鐘，方便向大家發出警報。

K 穀倉

這裏非常重要，用來貯存動物們的飼料和糧食，種植用的種子也放在這裏。

目錄

上文提要

不得了！一覺醒來，主人不見了！

我們是甲蟲農場的一班小動物，本來生活得無憂無慮。怎料，主人小發為了實現歌手夢想，突然放棄農場和我們，一走了之。

農場被入侵了，怎麼辦？

一直對農場虎視眈眈的三隻野獸——狼大、狐二、熊三，趁我們羣龍無首，利用一架紙皮車瞞騙我們，闖入農場把我們捉住了！

我們團結在一起，不怕他們！

幸好一直隱藏實力的新任總隊長小豬阿呼並沒有令我們失望，他機智地假裝小發還沒離開，用獵槍把狼大他們嚇走了。我們之後把這裏改名為「開心農場」。

但是，狼大他們會就此罷休嗎……

第一章

我要金耳朵!

　　一股旋風在狼大、狐二和熊三住的山洞門口升起,**原地打轉**,就是不肯離開,似乎在看裏面的笑話。

　　山洞裏,狼大坐在搖椅上,他憤怒地把一面鏡子扔了出去,鏡子摔在地上,碎了。狼大痛苦地捂着右耳位置。

　　「臭豬,打掉了我的耳朵,我狼界型男的樣子就這樣毀了!我本來還要去參加餓狼時裝大賽呢⋯⋯」狼大痛苦地喊叫。

　　「老大,沒關係,古希臘有個雕像,

叫斷臂維納斯，你是斷耳狼大，都是**殘缺美**，缺陷也是一種美。」熊三說道。

狼大跳了起來，一腳把熊三踢到一邊：「把你的耳朵和胳膊全都打掉，看看你還美不美！」

熊三躲在一邊，不説話了。狐二在一邊，看着狼大的耳朵。

　　「老大，你可以用黃金來做一個假耳朵，這樣不僅美觀，更加顯現出你的**貴族氣質**。」狐二建議地説。

　　「貴族？我家祖宗八代都是餓狼，《餓狼傳説》就是説我們家呢，我家不是貴族。」狼大沒好氣地説。

　　「那更要用黃金做個耳朵了，有金耳朵就像貴族了。」狐二説，「你認識『胖狼哈哈』吧？他就有一條金腰帶，雖然他不穿褲子，但一直圍着金腰帶，一看就是貴族。」

「嗯。」狼大想了想，點點頭，「有道理，胖狼哈哈的家有錢，祖上都是貴族，個個吃得像河馬……可是，老二，我們沒有錢呀，怎麼去做一個金耳朵？我們的家具電器都是撿來的。」

「抓住甲蟲農場那些雞、鴨、小胖豬什麼的，自己吃一些，剩下的賣給胖狼哈哈，不就有錢了？」狐二比畫着説，「金耳朵算什麼，我們三個每人都來一條金腰帶！」

「我肚子大，我的金腰帶要粗一些。」熊三着急地説。

「**閉嘴！**」狐二瞪了熊三一眼，「我

火箭逃亡計劃

們在商量事情呢，去啃番薯去。」

　　熊三連忙躲到一邊。狼大此時認真地聽着狐二的話，點了點頭。

　　「嗯，你説得對。我聽説了，甲蟲農場主人小發根本就沒有回來，上次那些動

物弄個假的小發把我們嚇住了，槍裏也沒子彈，這回我們絕不上當了！即使不花錢做金耳朵，我也要抓那些小雞小鴨小肥豬小兔子報仇，我的耳朵就是他們打掉的！」狼大**惡狼狼**地說，「而且我要吃肉，我是肉食動物，不要天天吃藍莓蘋果番薯！」

「對呀。」狐二說，「我還聽說那個農場最近改名叫『**開心農場**』了，不管叫什麼，那是一個沒有主人、只有動物的農場，這次我們一定要攻打進去，活捉小雞小鴨小肥豬小兔子。」

「那你有什麼辦法嗎？」狼大恐懼地問，「那裏防範很嚴，他們用箭射我們，

火箭逃亡計劃

吃不消呀。」

「我要好好想想辦法，這次我要讓他們知道我們的厲害。」狐二冷酷地說。

*　　　　　*　　　　　*

開心農場，天空飄着朵朵白雲，空氣清新，讓人的心情都好很多。

母雞美美和母鴨麗麗的心情，和這美景卻不一樣，她倆全都擔心，站在大橡樹上的瞭望所上，看着遠方。

「我說麗麗，上次阿呼和木木假裝小發，嚇跑了狼大他們，但是小發不可能回來了，萬一狼大他們又來，這可怎麼辦？」美美憂心地說，「雖然我們現在有防禦設

施，也不斷巡邏，可是狐二那個傢伙可是很**狡猾**的。」

「狼大那個傢伙也很殘暴。」麗麗跟着發愁，「哎，想想就害怕，睡覺都睡不好。美美，我也是擔心呀，阿呼不會每次都能想出個好辦法對付狼大他們吧？雖說我現在覺得阿呼是一隻聰明豬，但是只要有一次失誤，我們就完了。」

「嗯，越想越怕了。」美美沉重地靠在樹枝上，「是要想個對策了，這樣下去可不是個辦法。」

她們說着話，牧羊犬木木跑了過來，他仰着脖子，看看瞭望所。

火箭逃亡計劃

美美——健美操
第二節，邁步後屈腿
下一個動作是什麼？

「邁步踢
腿，然後並步
跳！」美美對着下
面喊道。

「好——」
木木興奮地喊
道，隨後轉身
就跑，「我要練
出好身材！」

木木跑了。最近他跟着美美和麗麗練習健美操，這被阿呼和牛頓嘲笑，不過木木可不管這些，他一直覺得自己偏胖，被狼大追趕的時候跑不動。

　　「你看木木，如果我們都像他這樣**沒心沒肺**的就好了。」美美感慨地說，「我們生下來就愛操心。」

　　「沒生下來也是，那時候我們還是隻蛋，你是雞蛋我是鴨蛋，我在蛋殼裏就擔心頂不開殼，要永遠生活在蛋殼裏了。」

　　「是呀，我現在每天都帶着第一戰隊，準備和狼大拚命，都影響我美女形象了，我可是要參加美麗雞鴨時裝大賽呢……」

火箭逃亡計劃

美美說着，順了順自己的羽毛。

「我覺得你能得第一名，我是第二名……」麗麗讚許說，忽然，她一愣，指着農場後的樹林，「那……是狼大嗎？」

第二章　我們還是要離開嗎？

　　農場後的樹林裏，灌木叢一陣晃動，隨即，從灌木叢閃出三個身影，為首的是狼大，他身邊是狐二，熊三隨即也跟了出來。只見他們三個比畫着什麼，並且說着什麼，但是距離遠，聽不見聲音。

　　「就是狼大——」美美大喊一聲，她拿起弓箭，看看麗麗，「麗麗！你敲鐘——」

　　美美說着，張弓搭箭，對着遠處的狼大就射出一箭。

火箭逃亡計劃

「噹──噹──噹──」，麗麗開始用力敲鐘，隨後，麗麗跑到瞭望所一側，拿起了話筒。

「**狼大在農場後，六點鐘方向！狼來了──**」麗麗大聲喊道，話筒的聲音通過掛在一邊的喇叭，傳了出去。

美美射的箭，因為距離太遠，都落到了狼大的身前。農場裏的動物聽到了警報鐘聲和

喊話，全都行動起來。首先是沿着農場柵欄巡查的巡邏隊——今天是第四戰隊的兔子，他們舉着弓箭很快就趕到，他們看見了狼大，於是紛紛射箭。

阿呼當時在大門的房間裏看電視，牛頓在工具間做實驗，他們立即衝出來，集合各自的戰隊，一起向農場後方跑去。

狼大一夥倒是沒有發起攻擊，他們在農場柵欄外二十米的地方看着，兔子們開始射箭，狼大他們連忙又後退了十多米，躲到了樹後，不一會，他們轉身走了。

「他們跑了——」麗麗的喊聲傳遍農場，她在瞭望所上，站得高、看得也遠。

火箭逃亡計劃

大家終於鬆了一口氣，阿呼和牛頓在柵欄後，看着前面的樹林。這時，木木跑了過來，他很興奮地説：「狼大跑了嗎？我們又一次擊敗了他們，真是太厲害了！」

我表現得這麼好，狼大一定是聽見了我的怒吼聲就跑了。

木木，你剛才又躲起來了，是吧？

「我？」木木指了指自己，「怎麼可能？我是擔心狼大他們採用**聲東擊西**的辦法，假裝在農場後出現，實際轉到大門口攻擊，所以我去那邊了。我是預防他們這一手，而且已發出怒吼了，你們沒聽見嗎？」

「我只聽見你喊救命。」牛頓沒好氣地說，「是哀吼，不是怒吼。」

「你該去檢查一下耳朵了。」木木說道，「你為什麼不製作一台聽力檢查機？」

「噢，算了。」阿呼擺擺手，「你們就不要吵了，反正狼大一夥已經跑了。」

「好吧。」牛頓點點頭，隨後指着遠

火箭逃亡計劃

處的樹林，說道，「狼大他們一定是想從那邊偷襲，結果被發現了。」

「大白天的，而且他們也明知我們有瞭望所，不會這麼**明目張膽**地搞偷襲吧？」阿呼想了想，「可能別有目的。」

「嗯，也許是。」牛頓擺擺手，「不管怎麼說，我們的瞭望所發揮了作用。我該回去做實驗了，防狼地雷快要試製出來了。」

「噢，那太好了。」阿呼很是高興，「牛頓、木木，我們走吧，要是狼大他們再來，我們有瞭望所呢。」

他們說着話，向大門那邊走去，小發

的主人房間和工具間全都在大門那邊。

剛走到大橡樹那裏，美美和麗麗從樹上飛了下來，吃吃和喝喝站在上面，瞭望所剛完成了交接班。大橡樹有攀爬的梯子，但是雞鴨們不用，直接飛下來即可。

「嗨，阿呼、牛頓，我們正要找你們呢。」美美看見阿呼和牛頓，揮揮手。

「美麗的女士，有什麼事可以效勞？」木木很有禮貌地問。

「沒有問你，你在一邊聽着。」美美看看木木，說道。

木木**不服氣地**扭扭脖子，不過沒有再說話。

火箭逃亡計劃

「剛才你們都看見了吧？狼大他們要偷襲，但被我們發現了。」美美激動地說，「阿呼，這該怎麼辦？我們永遠躲在這個農場，等狼大永遠這樣今天攻擊、明天偷襲嗎？」

「今天攻擊、明天偷襲嗎？」麗麗跟着重複了一句。

「美美，怎麼回事？你們又想跑掉嗎？」牛頓連忙問道，「上次你們跑出去差點被狼大他們吃掉，全都忘了嗎？」

「誰說我們要跑出去？」美美瞪了一眼牛頓。

「要跑出去？」麗麗又跟着重複了一

句，隨即也瞪着牛頓。

「停、停——」牛頓擺了擺手，「麗麗你不要再當錄音機了，美美説一遍就行。」

「……美美説一遍就行。」麗麗跟着説，不過她隨即抓抓頭，「噢，我怎麼會學你説話？」

「美美，你的意思是……」阿呼看看美美，問道。

「我是説，我們還是想辦法離開這裏，到安全的地方去吧！」美美認真地説，「如果農場有主人，狼大他們根本不敢這麼猖狂。剛才狼大大搖大擺就從林子裏走出

火箭逃亡計劃

來，他已知道這裏沒有主人了。」

「你說的也有道理，可是逃走太危險，我想我們只要積極行動，多想辦法，就能把開心農場打造成一個堅固的城堡，誰也攻打不進來。」阿呼激動地說，「我不太同意你的想法。」

「噢，我覺得還是跑出去好，跑到蘿蔔農場去。當然不能像上次那樣**大搖大擺**地就跑出去，我們要想辦法……」美美也激動起來，擺着手說。

「晚上出去？」麗麗眉飛色舞地說。

「不行，狼大晚上也會出來，而且他們夜視能力比我們更好。」木木忍不住插

話說，「我覺得挖地道可以。」

「挖地道不行，我們到蘿蔔農場那麼遠，我看要挖幾年都到不了。」麗麗擺擺手，她忽然看看牛頓，牛頓似乎一直在思考，沒怎麼說話，「嗨，我說牛頓，你不是科學家嗎？你不是每天都搞什麼發明創造嗎？你有什麼辦法？」

「我……」牛頓眨眨眼睛，似乎還在思考。

「他能有什麼辦法？他昨天製造防狼地雷，結果把自己從工具間裏給炸了出來，我當時正在睡覺，嚇了我一跳。」木木有些嘲弄地說。

火箭逃亡計劃

「木木──」牛頓瞪着木木，「科學實驗就是要在不斷的出錯中得到正確結果，愛迪生發明電燈，經過上千次的實驗，你知道嗎？」

「噢，你是說你要被炸出工具間上千次？」木木連忙説，「小心把你炸到麵包山的狼大山洞去。」

「木木，你……」牛頓大喊一聲，似乎要衝上去揍木木，不過忽然之間，牛頓捂着自己的頭，又一言不發了。

大家看着牛頓，全都愣住了。木木走到牛頓身邊。

「喂，你怎麼了？」木木小心地問。

「嗨——」牛頓突然抱住木木，「木木，你提醒得好，太好了，我這就去演算公式……」

「喂，你在説什麼？」阿呼疑惑地看着牛頓，木木也愣在那裏。

「美美、麗麗，你們的想法不錯，我會完成的。」牛頓説着就向工具間跑去，「失陪，我要去演算了……動量守恆、重力加速度……」

大家看着他的背影，全都**不明所以**。

「是不是昨天被炸出工具間，把腦子炸壞了？」美美喃喃地説。

火箭逃亡計劃

第三章

古代的大炮

　　麵包山的山洞裏，狼大他們的家，狼大手裏拿着一枝箭，這是剛才一隻兔子射出的，落在樹林後，被他隨手撿了回來。

　　狼大看着狐二、熊三趴在一邊，狼大**面露不快**。

　　「老二，你莫名其妙地拉着我們去開心農場，被人家射了幾箭就連忙跑回來了。你到底要幹什麼？」狼大問道。

　　「老大不要着急，我會和你們說的。我剛才一直在計算。」狐二說着跑到沙發

旁，在茶几上拿起遙控器打開了電視機，隨後開始在遙控器上調動按鈕，「先給你們看看這個節目⋯⋯」

「《棉花寶寶》是優美電視一台的動畫頻道⋯⋯」熊三連忙說。

「誰要看《棉花寶寶》？」狐二沒好氣地說。

「《電線寶寶》是優美電視五台的動畫頻道。」狼大說道。

「也不看《天線寶寶》。」狐二擺擺手，「來！看《優美市新聞速遞》，這是昨天的節目，我看過了，現在看重播⋯⋯」

「昨天的新聞有什麼好看的？」熊三

小聲地説。

電視畫面上，出現了一些人，他們走在一個大房子裏，大房子裏有很多展台，展台裏有很多展品，有古代的盔甲、戰馬什麼的。

「……優美市博物館的搬遷工作，下周五就要開始，整個搬遷時間長達半年，半年後，優美市博物館就會在新館重新開放……」播音員的聲音從電視裏傳出，「今天是博物館最後一個開館日，最近幾天，博物館的觀眾激增，人們都來向博物館告別，未來新館的面積比舊館大兩倍，展品更加豐富……」

「老二，你要帶我們去博物館參觀嗎？」熊三問道，「我不想去，我對這些不感興趣。」

「你感興趣人家也不讓你進去。」狐二瞪着熊三，隨後用遙控器把畫面暫停，指着畫面，「你們看這裏，這是什麼？」

「這是古代的大炮呀。」狼大説。

「周五開始，優美市博物館就開始搬遷了，這個博物館防範可是很嚴密的，但是開始搬遷不久，一定很忙亂，我們就有機會了。」狐二**眉飛色舞**地説，「我們去博物館，把這門大炮偷出來。你看，大炮下面還有炮彈呢，我們用這大炮把開心

農場的柵欄炸開，再把他們的房子炸爛，就能衝進去抓雞抓鴨了，哈哈哈……」

「啊？」狼大瞪大眼睛，隨即開心地鼓掌，「可以，不愧是狐狸老二，夠聰明。這個辦法好，我們有了大炮可就威風了，小雞小鴨小肥豬小兔子還敢向我們射箭，我一炮就把他們都炸飛！」

「可是老大、老二，博物館的大炮是真的，可是炮彈裏沒有火藥了吧？我們偷個鐵球有什麼用？」熊三想了想，說道。

「哎，你想得還挺多呀。」狐二不屑地看着熊三，「這我早就想到了，我們去化學品商店偷火藥什麼的，放進炮彈裏就

可以了，哈哈哈……」

「哇，好聰明的老二。」熊三興奮起來，「我還以為你會去商店買火藥呢。」

「誰會把火藥賣給一隻狐狸？」狐二叫了起來，「再說我也沒錢，有錢我就給老大買金子打造一個金耳朵了。」

「啊，真是太感動了。老二，你總想着我少了一隻耳朵。」老大說着瞪着熊三，「老三，你要向老二學習，你就只會跟我搶電視看，我要看《電線寶寶》，你偏要看《棉花寶寶》，太幼稚了。」

「我每次也沒搶過你呀……」熊三小聲地說。

狼大聽到了熊三的話，抓起桌子上的水果盤，砸了過去。

　　熊三擋住飛過來的水果盤，水果盤是塑膠做的，掉在地上，彈起來落地。熊三撿起水果盤，不敢說話了。

「老大，不要理會這個笨蛋。」狐二說着走到狼大身邊，「剛才我帶你們去農場，其實是去測風向，查看炮火攻擊位置。這古老的大炮也不像現代化武器能夠精準攻擊，風向和角度對發射都有很大影響。而且我想把大炮拉到農場後樹林裏開火，要是拉着從博物館偷來的大炮從農場前門走，有可能被人類發現，所以我們要謹慎些……我覺得大炮也沒到手，攻擊點也不確定，我這個計劃就行不通；現在我確定了，農場後那棵山毛櫸樹旁邊就是攻擊點，開炮炸開柵欄完全沒問題，我們還能躲在樹後，不被箭射到。」

「狐老二，你真是太聰明了！」狼大激動地說，「你想得太**周全**了！等我們抓住小雞小鴨，你挑最肥的吃吧。」

「謝老大。」狐二很高興，連忙致謝，「現在的關鍵是，過幾天博物館搬遷時，我們必定要把大炮偷來！」

「沒問題，我們一起去，一定把大炮偷來。」狼大揮着拳頭說。

「我也想吃最肥的……」熊三背對着狼大和狐二，低着頭，抱着水果盤，小聲地說——聲音非常小。

第四章

坐火箭逃亡？

開心農場的工具間裏，除了在巡邏的，以及在瞭望所上觀察的動物外，所有動物都來了。牛頓把大家召集到一起，有重大事項要宣布。

工具間裏，有一塊黑板，黑板被一塊布蒙着，牛頓站在黑板旁，手裏拿着一根指揮棒，其實就是一根樹枝。

「牛頓，有什麼事快説呀，剛才抵抗狼大時我扭了腰，要去治療一下呢。」美美面對面看着牛頓，催促着。

「好了，那就開始了，全都來了吧？」
牛頓看看美美，「左邊的朋友，你們看到
我了嗎？右邊的朋友，請揮手，讓我看到
你們的熱情……」

「快開始吧──」阿呼叫了起來，「你
怎麼開演唱會了？」

「牛頓，你唱歌很難聽的。」木木嘲
弄地說。

「我要說的比演唱會動聽，關係到大
家的安危。」牛頓一副**得意洋洋**的樣
子，「今天美美和麗麗又向我訴苦，說害
怕留在這個農場裏，還是想逃跑。她們就
是這樣天生膽小，不過，其實我也有點想

火箭逃亡計劃

逃，她們說得有道理，我們不能待在這裏**坐以待斃**；之後木木又提到我昨天被炸出工具間的事，我產生了聯想。所以，登登登登——」

牛頓一把扯下來蓋在黑板上的布，黑板露了出來，黑板上畫着一個火箭，火箭豎立着，火箭的兩邊，各有一個推進器，黑板上還寫着很多數學公式。

「我設計了一艘火箭，我們全都可以坐上去，然後點燃發射器發射，只要調整好角度，我們就能落在十公里外的蘿蔔農場，那就能逃出去了。根本不用在路上走，狼大絕對沒法攔截我們，哈哈哈！」牛頓

用指揮棒指着黑板，興奮地比畫着説。

　　現場的動物**一片譁然**，大家都瞪大眼睛看着黑板，好幾隻小雞和小鴨都開始激動地議論起來。

　　「牛頓，坐上你這支火箭，真的能飛到蘿蔔農場嗎？」美美有些疑惑，但是明顯又很興奮，她似乎看到了希望。

　　「沒問題，我是一個科學家。」牛頓揮着指揮棒，「我要是早幾百年出生，什麼蒸汽機、火車、飛機，那都會是我發明的。你看，我這個火箭發射，嚴格依循**齊奧爾科夫斯基火箭方程式**，齊奧爾科夫斯基你們知道是誰嗎？」

「不知道。」美美和麗麗一起搖頭。

「我也不知道，不過沒關係啦，我只要知道這個方程式：m_1 是火箭加速後的純質量的總和……」

「哇——純質量，還有總和呢！」麗麗開始鼓掌，「聽不懂，就覺得很高深。」

「聽不懂就對了。」牛頓指着麗麗，「否則你就叫牛頓了。我是説，大家放心，我製造的火箭是嚴格按照科學流程進行的，一定能把大家，還有我自己送到蘿蔔農場去。」

美美和麗麗帶着一幫小雞小鴨一起**鼓掌歡呼**。大家都很高興，最高興的是木

火箭逃亡計劃

木，他搖着尾巴，開始跑圈，説：「我為這個計劃做了貢獻，牛頓説我啟發了他。」

「嗨，阿呼，你覺得呢？」牛頓看看阿呼，阿呼一直在旁邊看，沒怎麼説話。

「我……」阿呼想了想，「美美和麗麗她們想跑出去，到一個安全的地方，我很理解。我攔着大家，是怕半路被狼大他們襲擊，現在要是能直接飛到蘿蔔農場，我也不反對……」

「噢——阿呼也同意了——」木木叫了起來，「這可是太好了——」

「但是，牛頓，你這個火箭，能把我們全體都帶上嗎？」阿呼很不放心地問。

「那就要看火箭造多大了，小的肯定不行，所以我要造一艘大火箭，把大家全都帶上。」牛頓很自信地説，「阿呼，到時候你可以坐**豪華一等座**！」

　　「噢，這個倒沒必要。」阿呼笑了起來，「只要能帶上大家就行……這個工程很巨大吧？」

　　「那當然。」牛頓説，「工具都有，小發還有很多汽油呢，我決定用汽油做推進劑。不過要砍樹，火箭的內部骨架和外殼都要大量木材，大家都要來幫忙，就我帶着第四戰隊肯定不行。」

　　「好的，我們大家全都來。」阿呼點

火箭逃亡計劃

點頭，「希望這個火箭能儘快造出來。」

「我恨不得明天就造出來呢。」牛頓說着把指揮棒向後一扔，「大家就不要光說話了，現在就幹起來。我決定，火箭就造在大橡樹旁邊，火箭發射前，大橡樹的樹枝可以用來固定火箭的骨架。」

農場所有動物都**激動萬分**，在牛頓的指揮下，積極展開製造火箭的工作。第一戰隊和第二戰隊掩護，第三戰隊和第四戰隊從農場後的柵欄翻了出去，阿呼帶領他們開始伐木，木材是製造火箭的重要材料。好在狼大一夥沒有在這裏活動，伐木進展得很順利，他們把上百根木頭運進農

場裏，隨後安全收隊。

　　牛頓帶着幾隻兔子，把工具都運到了大橡樹旁邊，他在大橡樹的南面劃了一塊地方，大概有二十多平方米，火箭就要在這塊地方上搭建起來。他們先是把土地平整，牛頓説地面要鋪上水泥，因為火箭發射的強烈火焰要噴射到地上，從而反推火箭起飛，所以這裏要用水泥鋪設。

　　動物們忙碌起來，整個農場都**熱血沸騰**了，每個動物都有自己的工作要幹。

　　木木在農場裏跑來跑去，他負責各個工作單位之間的聯絡溝通，這些單位此時有的在鋸木頭，有的鋪水泥，有的搭架子。

火箭逃亡計劃

木木站在大橡樹旁，看着忙碌的大家，感慨地唸詩：「大家忙起來呀，燃燒的青春**熱情似火**，啊——大家忙起來呀，造好了火箭一起逃跑——我跑第一……」

「木木，幹什麼呢？你喊什麼呢？」美美扛着一根木棍，放在水泥地旁邊。

「我寫了一首詩，我正在唸詩，我是個詩人。」木木連忙説。

「你快點去找阿呼，釘子和繩子可以送來了。」美美説，「什麼時候了，還唸詩，去到蘿蔔農場再説吧！」

木木答應一聲，跑向工具間。

第五章 意識吃肉法

麵包山山洞裏，狼大和狐二看着電視，狼大抓起茶几上的葡萄，一口吃掉一大串。

「老大、老二。」熊三走到狼大身邊，問道，「我們不去偷大炮嗎？用大炮炸開柵欄就能抓到小雞小鴨吃肉了。」

「笨蛋，你糊塗透了嗎？」狼大沒好氣地說，「今天是星期一呀？人家星期五才開始搬遷呢？現在防守還很嚴密呢。」

「噢，確實。」熊三抓抓腦袋，「我都忘了，光想着吃肉，那你們兩位就好好

火箭逃亡計劃

看電視，我也要去吃午餐了。」

熊三走到冰箱旁，開始從裏面拿午餐的食物，有玉米、草莓，還有幾個蘋果。

熊三抱着午餐，來到房間的角落，那裏有一張小桌子，熊三把食物放在桌子上，隨後直接坐在地上，拿起一根玉米，一口就吞了下去。

「啊——」熊三的喉嚨裏發出一聲，他緊皺着眉，滿臉不高興，「我堂堂威猛雄壯型男黑熊老三，居然每頓飯都吃水果蔬菜，我愧對脊椎動物門哺乳綱食肉目的動物呀。我真是**黯然傷心**，我假裝玉米、蘋果好吃，只因為我吃不到肉呀……」

熊三對着玉米和蘋果，感歎起來，發出了內心獨白。

「老三，你在哪裏**嘀嘀咕咕**，說什麼呢？真煩——」狼大扭頭，看了一眼熊三，「吵到我看電視了！」

嗚嗚嗚……

「噢，對不起，老大。」熊三説道，「我實在吃不下玉米和蘋果了！我現在就想吃肉。」

「過幾天，偷來大炮炸開農場就能去吃肉了。」狼大説道，「快點閉嘴，別打攪我們看電視！」

「實在吃不下去的話，就用我教給你的**意識吃肉法**。」狐二隨口説，「快去，別在這裏吵我們。」

「啊，意識吃肉法！對呀，我怎麼沒想到！。」熊三立即站了起來，「我試過兩次，很管用呀，那我現在就去。」

「小心點，別被小雞小鴨的箭射到。」

狼大提醒説，「她們現在有弓箭啊。」

「不會的。」熊三説着把玉米和蘋果什麼的放到一個籃子裏，提着籃子就向外走，「我可機靈呢。」

意識吃肉法是狐二的發明，他們三個常年吃不到肉，只能吃水果，**索然無味**。狐二有一次帶着狼大和熊三，再帶上蔬菜和水果來到農場旁，一邊看着裏面行走的動物，一邊吃水果。狐二提醒他們看着那些雞鴨時，想着自己吃的是雞鴨肉類，而不是水果蔬菜，這樣自我感覺就會真的和吃肉差不多了。狼大和熊三試了一下，熊三感覺很好，狼大則沒太大感覺；

火箭逃亡計劃

熊三當時還嘲笑老大想像力不夠豐富，而被狼大揍了一頓。

熊三興奮地來到開心農場，腦子裏已經開始構想吃肉的畫面了。他來到前門的樹林裏，然後探出頭來，小心地看着對面的農場。

農場裏**一片忙碌**，所有的動物都跑來跑去的，熊三看見兩隻兔子抬着一個工具箱，向大橡樹那邊跑去，大橡樹那邊的動物更多，只不過離得遠，看不太清。

熊三滿意地從籃子裏拿起一個蘋果，看着那兩隻兔子，想到了兔子肉，口水都流出來了。熊三一口就吞掉了一個蘋果。

「嗯，真好吃。」熊三**自言自語**地說。

兩隻兔子跑遠了，大門這裏沒有動物了，守門的小雞小鴨也不在。熊三看見農場中央大橡樹那裏有很多動物在忙碌着，但因為看不清，他無法聯想吃肉了。他不禁走出了樹林，穿過道路，來到了農場大門前，想靠近看看那裏的動物。

吃吃和喝喝站在大橡樹上的瞭望所平台上，觀察着四周。忽然，吃吃發現了提着水果籃子的熊三。

「哇——是熊三——」吃吃叫了起來，「敲警鐘——狼大襲擊……」

火箭逃亡計劃

「可是，沒有狼大呀，也沒有狐二。」喝喝説道。

吃吃連忙仔細看了看周圍，只見熊三站在大門口，確實他身邊以及農場四周也沒有狼大和狐二。

「熊三自己幹什麼來了？」吃吃疑惑地説，「還提着一個籃子。」

「給我們送水果？不會吧？」喝喝説道，「他**改邪歸正**了？」

「不可能！」吃吃搖搖頭，她走到另一邊的樹枝，摘下話筒，「巡邏隊，大門口發現熊三一個，驅逐他──」

吃吃的話通過喇叭傳了出去，很快，

第三戰隊的五隻小豬拿着弓箭就來到了大門口。即使現時是製造火箭期間，巡邏隊還是會不斷巡邏的。

熊三本想換個地方，看清楚裏面的動物，這時第三戰隊的小豬來到了大門口，熊三一看，激動起來。

「哇——**紅燒豬蹄**——」熊三説着拿出來一個蘋果，腦子裏想着紅燒豬蹄的樣子，張口就吃。

小豬張弓搭箭，對着熊三就射出去。

「啊——」熊三的蘋果還沒吃完，當即慘叫一聲。一枝箭插在了他的肩膀上。

「嗖——嗖——」又有兩枝箭射過來。

火箭逃亡計劃

熊三把水果籃子都扔了，掉頭就跑。

「**警報解除 ── 警報解除──**」瞭望所那裏，吃吃的聲音傳來。看見熊三被打跑，吃吃和喝喝都很高興。

原本都在忙碌的動物們聽到熊三來襲，本來都很擔心；但是緊接着就是熊三被打跑的公告傳來，所以大家放心下來，繼續忙碌下去。

第六章
意外大發現

熊三一路哭喊着跑回到麵包山，一頭鑽進山洞裏。

「哇——老大、老二，小豬小雞欺負我——」熊三跑到狼大面前哭訴起來，他指着肩膀上的箭，「他們用箭射我，如果把它拔出來，我會不會**流血不止**呀？」

「留着這個幹什麼？掛籃子嗎？」狼大叫起來，一下就把箭拔了下來，「你剛才好像帶着籃子出去的，籃子呢？」

「籃子丟了，他們射我！哇——」熊

三委屈地大哭。

「哇，我們就只有那個籃子還有底！」狼大叫起來，「你要賠一個籃子——」

「老三，怎麼回事？你躲在樹林後面用意識吃肉，怎麼會被射到？」狐二問道。

「小雞小鴨小豬小兔子們不知道都在大橡樹後面忙什麼，好像在製造一個大鳥籠，我看不清楚他們的樣子，沒辦法用意識吃肉法，就想走近點看。結果我走到大門口被他們發現，射了我一箭。」熊三說着，捂着自己的肩膀。

「笨蛋，你自己靠那麼近幹什麼？我們說過了，小雞小鴨現在有弓箭了，不要

火箭逃亡計劃

靠那麼近。」狼大叫着，「全怪你自己，你要賠兩個新籃子⋯⋯」

「剛才還說賠一個⋯⋯」熊三連忙說。

「你不聽話，懲罰你！」狼大揮着爪子，吼叫起來。

「等一下⋯⋯」狐二擺了擺手，「老三，你剛才說什麼？他們在製造大鳥籠？」

「嗯，很大、很高、很長，用樹枝做的。」熊三比畫着描述，「所有動物都在做這個，我也不知道是幹什麼的。」

狐二沒說話，他低頭想着什麼，狼大和熊三一起看着狐二。

「那些小傢伙，在搞什麼對付我們的

計劃吧？」狐二忽然抬起頭看看狼大，「老大，我們一定要去看一看，這事沒這麼簡單，那些動物做的任何事，我們都不能不管，什麼鳥籠？我看是要把我們裝進去的籠子吧！」

「那麼，那些小雞小鴨要能抓住我們才行。」熊三**揮着拳頭**，「我熊三可沒那麼容易被他們抓住！」

「所以，他們可能在搞什麼抓我們的計劃。」狐二説，「我們要去看看。」

「你這麼一説，我也有點緊張了。」狼大點點頭，「那就不看電視了，我們去『傷心農場』看看。」

火箭逃亡計劃

「傷心……農場？」狐二一愣，隨即點點頭，「『傷心農場』，這個名字還真不錯……老大，我們走吧！」

沒一會，他們就來到了開心農場，這次他們繞到農場後的樹林去。因為熊三說那個「大鳥籠」就在大橡樹的後方，也就是面對着農場後面的樹林建造的，所以他們在樹林會看得更清楚。

狼大、狐二和熊三為了隱蔽地觀察，頭上和身上都綁着樹枝，這樣他們就和環境融合在一起，不會被輕易發現了，這當然都是狐二的主意。

大橡樹旁，火箭的骨架基本完成了，

遠看確實像個大鳥籠，骨架完全是由木條建造的，骨架外，還要包裹上一層外殼，外殼是木板造的，兩個火箭推進器連接在外殼上，外殼和骨架用釘子釘住、用螺絲加固，點燃推進器，火箭就發射升空了。此時，阿呼在指揮大家剪切木板，當做外殼材料。

農場外，狼大他們趴在木柵欄前不遠的灌木叢中，瞭望所上的吃吃和喝喝都沒有發現他們，只看見灌木裏有樹枝微微搖晃，所以沒有在意。

火箭逃亡計劃

火箭骨架迷宮

起點 →

狼大、狐二和熊三看着這個「大鳥籠」，一時間還沒搞清楚農場動物們正在建造些什麼。這個火箭骨架實在太宏偉了，上面還組成了一個迷宮呢！你可以由迷宮的起點走到終點嗎？

終點

（答案可翻看第125頁）

「這不是對付我們的……」狐二看清了大橡樹後的火箭骨架，他拍拍身邊的狼大，「這是要逃跑呀，他們建造的是火箭！那是一個火箭的外形，他們要乘坐這個火箭飛走呀！」

「這個鳥籠是火箭嗎？啊，你這樣一說，真的是呀。」狼大也反應過來。

「要跑掉？那今後我就沒辦法用意識吃肉法了。」熊三着急地說。

「笨蛋，你想直接吃肉也不行了！」狐二更加着急，「火箭飛走了，我們可追不上。完了，小雞小鴨們要跑掉，他們這個計劃真是太惡毒了！」

「不行，要阻止他們。」狼大説着站了起來，「造好了火箭他們可就飛走了！」

狼大衝了上去，熊三跟着也衝了上去，狐二想拉住狼大，沒有成功。

瞭望所上，吃吃看着農場後的樹林，一臉疑惑。

「哇，我説喝喝，樹枝會跑嗎？」

「那是狼大——」喝喝看清了狼大，大喊起來，「**發警報**——」

警報鐘響起，喝喝的喊聲也從喇叭裏傳出來了。

「六點方向！狼來了——狐來了——熊來了——狼大狐二熊三全來了！」

火箭逃亡計劃

吃吃已經開始向攀爬柵欄的狼大射箭了，柵欄的上部全都塗滿了牛油，柵欄是不可能這麼順利就能爬上去的。狼大抓了一手牛油，摔在地上；熊三爬了兩下，也抓了手牛油，一同掉在地上。

六點方向！
射擊！

巡邏隊的五隻小豬舉着弓箭跑來，對着柵欄後的狼大就開始射箭。阿呼聽説狼大一夥全來了，他帶着所有的戰隊，一起衝了過來，他們有的拿着弓箭，有的拿着長槍，吶喊着。

　　狼大不但沒有爬上柵欄，身上還中了兩箭，熊三又被射中一箭，痛得大叫起來。

　　「老大，撤——你太**莽撞**了——」狐二用力拉着狼大，大聲地喊。

　　「不能讓他們跑了——」狼大還是不甘心，還想爬過柵欄。

　　「嗖——嗖——」兩枝箭飛來，全部射在狼大的腰上。

「嗖——」另一枝箭擦着狼大的左耳飛去，箭尾掃在狼的左耳上。

狼大一隻手捂着腰，一隻手捂着耳朵，慘叫着、驚慌着。狐二拉着狼大跑進樹林，熊三跟在後面，他後背又被射中一箭。

狼大一夥逃走了，只聽到農場的柵欄後一片歡呼！

「不！我是聽到勝利消息後，觀察了一下才過來。」木木**搖頭晃腦**地說，「我就是嚴謹，萬一你們謊報軍情怎麼辦。」

「哇，氣死我了，你本來可是要保護我們的！」美美用手中的箭指着木木，喊道。

「好了。」阿呼走過來，攔着美美，「大家聽我說，現在他們看見我們造火箭了，狐二那麼狡猾，應該能猜出我們要飛走，所以以後他們會想盡辦法來破壞。我們要馬上回去趕工，一刻也不能停留。」

大家一起回應，阿呼看了看牛頓。

「工程師先生，你看再過兩天，我們

就能把火箭造出來嗎？」

「不行，我覺得最少要四五天。」牛頓想了想，說道。

「我有種不好的感覺，狼大他們會再來破壞我們的計劃。」阿呼看着不遠處的樹林，尾巴開始了轉動，他環視大家，「我們現在開始要分成兩班，晚上點燃**篝火**，繼續造火箭，我們要加快進度，和狼大他們搶時間。」

大家一起回應說好，除了巡邏隊，全部跑到大橡樹下繼續製造火箭。阿呼讓一些暫時幫不上忙的動物先休息，等到晚上當夜班。這樣一來，牛頓比較辛苦，他是

火箭逃亡計劃

總工程師，白天晚上都要監督指導。不過，牛頓說他能堅持住。

農場動物們**熱火朝天**地工作，這一天是星期一，到了晚上，狼大沒有來搗亂；第二天星期二，也沒有看見他們，而火箭已經初具規模了，骨架搭建完畢，外殼大部分被圍上，推進器裏裝滿了汽油。

等到星期三，外殼全部完工，要安裝推進器；到星期四上午，火箭就能發射了。和阿呼預想的不一樣，到了星期三，狼大他們也沒有來搗亂。下午，木木在大橡樹下看着高大入雲的火箭，**心滿意足**。

「這麼大的火箭能把我們全都裝下，我看別說是飛到蘿蔔農場，登陸火星也沒問題。」木木說。

　　「只要燃料充足就沒問題，不過火星上沒有空氣。」牛頓很滿意自己的作品，這幾天他都**得意洋洋**。

　　「阿呼，狼大一夥不會來了。」木木看看身邊的阿呼，「狐二根本就認不出這是什麼。前幾天看，這像個超級大鳥籠，狐二還以為我們要養鳥呢，這麼大當然是用來放鴕鳥。所以，他們不會來阻止我們了。」

　　「那他們為什麼那天突然發起攻擊，

要衝進來？」阿呼說道。

「這個……」木木眨了眨眼睛，「這個……」

「就想跑進來吃掉我們呀，他們是肉食動物。」從這裏路過的美美聽到對話，插話說，「這有什麼好疑問的？他們以前也攻擊過農場呀。」

「是嗎？」阿呼抓了抓腦袋，尾巴開始轉動，「可我總覺得哪裏不對，狐二很狡猾的，不會相信看到的是個大鳥籠吧？熊三還差不多。」

「幹活了，幹活了。」美美催促道，她不想去討論這個問題了。

火箭逃亡計劃

「木木，由你固定的螺絲和釘子，快去檢查一遍。底部骨架和外殼的螺絲是你擰的吧？全是鬆的，我又加固了一遍！你快去看看還有哪裏不合適！」

「木木，這可不行。」牛頓聽到美美這話，着急了，「骨架和外殼一定要連接緊密！」

「好啦，好啦。」木木很不高興地向火箭走去，「這就去啦，連續幹了好幾天了，休息一會都不行。」

阿呼跟着木木，向火箭走去。他一直擔心狼大會來搞破壞，可是狼大一夥好像消失了，阿呼感到很奇怪。

火箭逃亡計劃

第八章

優美市失竊案

　　阿呼他們忙了一天，全都很累了。現在是休息時間，他們坐在房間裏剛吃完晚餐，木木把電視打開了，美美和麗麗要看時裝發布會。將來到了蘿蔔農場，她們只能在農場主人的房間外偷看電視了，不過為了安全，還是逃到蘿蔔農場較好。畢竟被狼大吃掉，那就什麼節目都看不成了。

　　「《夜間新聞快遞》結束後，就播放時裝發布會了。」美美對麗麗說，「我要看看今年的秋冬款大衣……」

「真沒意思。」木木看看阿呼，「我想看《霹靂猛犬》。相信這是我最後一次在人類房間看電視，到了蘿蔔農場就看不成了。」

「你是牧羊犬，應該還能進到蘿蔔農場的主人房間。」阿呼說，「我就不行了。」

「嗯，說的也是。」木木很認同地點點頭。

「……下一則新聞……」電視機裏傳出新聞報道員的聲音，「本市近日治安狀況不佳，就在今天上午，等待搬遷的優美市博物館，職員正在清點搬遷品時，三名穿着雨衣並且蒙面的歹徒闖入博物館，搶

火箭逃亡計劃

走了一門十八世紀的大炮以及炮彈，三個歹徒的裝扮有些特殊，其中兩個的嘴巴似乎都很長，另一個異常肥碩……」

「噢，搶走大炮幹什麼？這東西好像不值錢，起碼比那些金器、鑽石便宜。」麗麗說道。

「可能是古代武器收藏愛好者。」美美在一邊解釋，「古代瓷碗更名貴吧？如果把玉米粒放在裏面，一定更美味。」

「美美，你太笨了。」木木在一邊批評，「我覺得遠古的兵馬俑更實用，擺在農場門口，可以把狼大他們嚇走⋯⋯」

「⋯⋯中午，本市一家化學品商店發生了失竊，店主外出吃午餐回來，就發現一些化學品丟失，具體丟失數量還在清點中⋯⋯」報道員繼續播報新聞。

「噢，化學品商店也有人去偷，化妝品店更有價值吧？」美美看着電視，説道。

「美美，你太笨了。」木木又開始教訓美美，「我覺得珠寶店更有價值，如果能把珠寶賣了錢，然後直接買一個火箭，省得我們這麼辛苦地造火箭了。」

「你們説的都是什麼呀？別學壞了，不要偷不要搶啊。」阿呼看着電視，「優美市這一天已經很亂了，博物館被搶、商店被偷，你們不要打算再添麻煩啊。哎⋯⋯」

第二天早上，天剛亮沒一會，阿呼他們就醒了。此時，忙了一整晚的牛頓和第

三戰隊的兔子，全都睡着了。火箭基本上已經完工了，火箭被大橡樹伸出來的樹枝固定着，樹枝捆綁着火箭的箭身，等到發射的時候，捆綁的繩子才會被解開。

　　阿呼他們全都來到大橡樹旁，看到牛頓他們睡在大橡樹下，不捨得叫醒他們。不過大家心情都很激動，一艘**巨大無比**的火箭豎立在那裏，火箭的外表刷着一層紅色的油漆，這樣可以防雨，儘管這幾天沒有下雨，但是牛頓把能夠預防的措施全都用上了。

　　「好像全造好了，我們可以起飛了吧？」木木在一邊，小聲地問阿呼。

火箭逃亡計劃

「牛頓說天亮後還要整體檢查一下。」阿呼說，「讓他再睡一會吧，肯定是通宵整晚都沒睡過。」

「快點離開這裏吧，我要到了蘿蔔農場才能安心了。」木木說，「蘿蔔農場住着一家好幾個人呢，狼大他們就很少去那個農場**偷雞摸狗**。」

「木木，看你這點膽量。」美美在一邊說，「哎，原本還指望你保護我們呢，不過現在不需要了，我們今天就要去蘿蔔農場。」

「其實不離開這裏，我也是接受的。我們能保護好自己。」阿呼說道，「只是

大家都想跑掉⋯⋯唉，要離開這裏了，還真有點捨不得呢。」

「我也是捨不得。」美美説，「啊，我的**青春歲月**都留在這個農場裏了。」

「我也是，我的美好回憶，我第一次下蛋、第一次看電視、第一次認識美美⋯⋯」麗麗也感慨地説。

「噹——噹——噹——」一陣急促的警鐘聲從大橡樹樹頂傳來，樹下的阿呼他們一驚。

「**狼大來了，十二點方向——**」樹頂上，一個恐懼的聲音從喇叭裏傳出，「他們還推着什麼⋯⋯」

火箭逃亡計劃

「防禦——射箭——」阿呼大喊着，隨即帶着美美她們就向大門口衝去。

牛頓他們也被喊聲叫醒了，牛頓朦朦朧朧，一時不知道發生了什麼事。

第九章
快逃進火箭吧！

　　阿呼他們衝到了大門口，透過柵欄，看見狼大、狐二和熊三，從遠處朝着大門這裏走來，還推着一門大炮！大炮後面，還拉着一根繩子，繩子的一頭綁在一個筐子上，阿呼意識到，裏面可能是炮彈和推進炮彈的火藥包。

　　「射擊——」阿呼大喊起來。

　　「嗖嗖嗖——」大橡樹上和柵欄後，無數枝箭一起射向狼大他們。

　　狼大他們突然停住，隨後全部躲在大

火箭逃亡計劃

炮後，只見大炮後有個東西一閃，狼大點燃了一個火把，隨後把火把伸向炮身。

「**全體伏下——**」阿呼大喊一聲，隨即趴在地上。

「轟——」的一聲，大炮發出巨響，隨後一枚炮彈飛了過來，落在柵欄前，爆炸了！爆炸的氣浪把柵欄差點推倒，炮彈的彈片四處飛濺，還好大家聽從阿呼的指揮，全部都趴下。

「阿呼——阿呼——」牛頓跑過來，他手裏拿着一張弓，對着柵欄外的狼大他們射了一箭，隨後趴在阿呼身邊，「狼大怎麼有大炮？」

「昨天搶博物館大炮的，就是狼大他們，偷化學品店的也一定是他們！昨天下午的爆炸聲，是他們在試射炮彈。」阿呼說，「現在火箭可以發射了嗎？」

「可以！本來我想最後檢查火箭的牢固度，但已來不及了，現在大家都到火箭裏去，我從裏面點火發射！」牛頓焦急地說。

「轟——」的一聲，又一枚炮彈在柵欄前爆炸。

「第一、第二戰隊，全部進火箭！」阿呼站起來，大喊着，「第三、第四戰隊全部到瞭望所掩護撤退——」

火箭逃亡計劃

柵欄前所有的動物全部撤離，小雞和小鴨們全部跑到大橡樹，火箭的底部有一扇門，她們都鑽了進去。美美進去後，看到木木**瑟瑟發抖**地躲在裏面。

　　「第一戰隊去第一層，第二戰隊去第二層！」麗麗喊着。牛頓早有設計，火箭裏分成四層，從第一層開始，每個戰隊佔有一層，木木在最底層。

　　第三、第四戰隊順着大橡樹懸掛的梯子，全都爬上了瞭望所。從瞭望所看，狼大他們推着大炮，又向前跑了幾十米。

　　阿呼指揮大家向狼大一夥射箭，由於距離遠，只有很少箭能射到狼大身邊，但

此時動物們的防禦，也只能這樣了。

「轟——」的一聲巨響，狼大他們把大炮推到柵欄前，對着柵欄開了一炮，前門右邊的柵欄頓時被炸飛，農場周邊一個大缺口出現了！

「射擊——射擊——」阿呼大聲喊着，指揮戰隊對狼大一夥射箭。

狼大、狐二和熊三推着大炮，從柵欄缺口衝進來。此時他們距離大橡樹的距離近了，無數箭枝直射下來，狼大他們連忙彎腰躲在炮身後面，狐二抓起一塊被炸斷的木板，擋住自己的身體。

「阿呼——我們也撤吧！」牛頓拉着

火箭逃亡計劃

阿呼，「美美和麗麗她們全都進去了。」

「你先去，準備發射。我們掩護。」阿呼喊道，「第四戰隊撤離——」

牛頓帶着幾隻兔子爬下大樹，隨後鑽進火箭。一進去，牛頓讓伙伴們上到第三層，他在第四層，找到了發射引線。兩根引線從火箭第四層的內部通往推進器，點燃引線，引線燒到推進器就能為推進器點火，火箭就能發射了。

經過牛頓的計算，火箭起飛直上天空三千米，落下來就會落進十公里外的蘿蔔農場。而火箭落下距離地面五百米的時候，第一層的美美會拉下降落傘扳手，降落傘

會從第一層裏彈出，火箭就會平穩落地了。

　　阿呼和幾隻小豬，對着狼大連續射箭，這時，他看到大炮的炮口慢慢抬起，對準了瞭望所。

「撤——」阿呼射出最後一箭，大喊道。

第三戰隊的幾隻小豬立即從瞭望所爬下去，阿呼最後一個下來，他剛爬下來七八米，「轟」的一聲，瞭望所被炮彈擊中，木片橫飛，**火光一片**。

阿呼被震得掉下來，摔在地上，一個伙伴連忙扶起他。

「總隊長，你還好吧？」

「沒事，還好！撤，快撤——」阿呼喊着，他的腦袋很痛，身體也痛。

阿呼被扶着，衝進了火箭，一隻小豬跑過來關上了門。

「全都進來了吧？」牛頓看到阿呼進來，連忙問道。

「我是最後一個，全都來了。」阿呼扶着牆壁，**氣喘吁吁**地說。

「那火箭就發射了，大家做好準備──抓住扶手──」牛頓喊道。

牛頓拿出打火機，開始點燃引線。

與此同時，農場柵欄那裏，剛剛把瞭望所轟掉的狼大非常興奮。

「報告老大，他們全都跑進去了──」熊三看見火箭的門關上，急得大喊。

「炸了火箭！」狼大手指着火箭，瘋狂地叫道。

第十章 意外的結果

狐二瞄準火箭，熊三填上發射火藥包和一枚炮彈，狼大喊着射擊，隨後把手裏的火把放在點火口上。

「轟──」炮彈對着火箭射了過去。

火箭裏，牛頓剛要把打火機放在引線上，狼大射來的炮彈就在距離火箭十米的地方爆炸。火箭裏一震，牛頓摔倒在地上，打火機也掉在地上。

阿呼一直扶着牆壁，沒有摔倒，他跑過去，撿起打火機，飛快地點燃了拿在一

起的兩個引線，引線點燃後，一個向左，一個向右，快速燃燒。

「轟——」又一枚炮彈射來，落在距離火箭七米的地方爆炸了。這次，阿呼也被震倒了。

「好好瞄準呀！」狼大看到第二枚炮彈也沒有命中火箭，着急了。他低下頭，看着大炮的準星，「我自己來！」

火箭內，「咣——」的一聲，兩條引線燒到兩邊推進器，推進器立即點火。在巨大的轟鳴聲中，火箭顫動着，開始起飛。

狼大、狐二和熊三愣住了，直直地看着火箭起飛，也不再瞄準發射炮彈了。

推進器一起發力，不過顯然，火箭裏裝上了所有動物，尤其是底部的幾隻小豬，嚴重負重。

「哢——」在巨大推進力的作用下，連接火箭外殼和骨架的螺絲和釘子，突然全部脫開。隨即，火箭的外殼升空了，而骨架留在了地面上。

「啊──啊──」美美和麗麗向天空揮着手，大叫着。火箭外殼已經完全脫離了骨架，這可是**意想不到**的，骨架裏所有的動物，全都叫了起來。

火箭外殼越飛越高，狼大他們仰着頭，看着升空的火箭。火箭飛了大概有兩千米，兩個推進器突然熄火，火箭掉頭就落了下面，火箭是垂直上、垂直下。

骨架裏的動物們，以及狼大一夥，全都看着掉落的火箭。降落傘在骨架裏，所以只得外殼落下，是不可能打開降落傘的。

火箭直直地砸下來，所有動物都驚呼起來，美美和麗麗嚇得抱着頭哭喊。

但火箭沒有落回原地，而是稍有偏差，直直地砸向地面上的狼大他們。他們還沒有反應過來，火箭直接砸下來，發出巨大的轟鳴聲。

火箭逃亡計劃

大炮當即就被砸爛，炮身飛到外面的小路上，而狼大他們則被砸在了火箭下。

　　農場的動物們從火箭骨架裏走出來，小心地向柵欄這邊走來。

　　「老大──老二──」熊三沒被直接砸中，受了點輕傷，他從破爛的火箭外殼下爬出來。

　　狼大和狐二被壓在外殼下，頭露在外面，似乎都昏迷了，看上去**奄奄一息**。

　　「哇──老大──老二──」熊三哭起來，他吃力地把狼大和狐二拖出來。

　　阿呼帶着動物們走了過來，幾隻小豬和兔子撿起了地上的長槍，幾隻小雞和小

鴨撿起地上扔着的弓箭。熊三看見動物正走過來，飛快地一手拉着狼大，一手拉着狐二，從柵欄缺口跑了出去，鑽進樹林。

狼大和狐二被熊三這樣拖拽，雖然渾身是傷，但是醒了。

「老三……」狼大**有氣無力**地説，「我們去哪裏……」

「去醫院呀！」熊三説，「先給你們治療啊！」

「別去第一野狼醫院，那裏的護士很恐怖。」狼大連忙説。

「老大……沒、沒辦法，只能去那裏，都怪你要省錢，買了最便宜的醫療保險。」

火箭逃亡計劃

狐二看看狼大，也是有氣無力地說。

「哎——」狼大長歎一口氣。

      *   *   *

開心農場這裏，動物們也沒有追趕。阿呼看了看牛頓。

「這是怎麼設計的？」阿呼說，「你看看，就算狼大他們沒有來襲擊，火箭只有外殼飛起來，最後還是會落在農場裏呀！等於我們**白忙一場**。」

「這個、這個……」牛頓皺着眉，「可能是計算上有什麼差錯，啊！外殼和骨架

固定得不結實，我本來要檢查一遍呢。」

「現在，我不想離開農場了。」美美走過來，看看牛頓，「還好只是外殼飛起來，要是我們全都飛上天，掉下來會落進河裏。哼！那就熱鬧了。」

「你聽我解釋，美美，原設計不是這樣的……」牛頓跟着美美說。

「把柵欄補起來吧。」美美不聽牛頓的解釋，指示大家，「真是驚險呀，還是我們的開心農場好，就留在這裏吧。」

火箭逃亡計劃

「就留在這裏吧。」麗麗跟着說。

「好，我們就留在農場，一起建設這裏吧！」阿呼勉力激勵大家。

我們要努力重建
開心農場！

第二冊完

好呀，但我們要先睡一下……

如果我早知道答案，
一定不會讓他們這樣
順利就把火箭造好！

小學生竟是名偵探？

學生神探森仔

快來跟森仔體驗精彩的校園探案旅程，
一起調查事情的真相吧！

❶ 名偵探在身邊

❷ 暗號人的加密信

❸ 不存在的寶藏？

藏寶圖是真是假？
神秘信件從天而降？

由日本暢銷兒童書作家
那須正幹 著作，
配合日系風格插圖，
適合初小或以上學生閱讀的偵探橋樑書

各大書店有售！

爆笑漫畫 伊索寓言

100%值得收藏的
寓言漫畫書

榮獲連續兩屆
首爾國際漫畫節及
新人漫畫大賽獎項

韓國著名漫畫家
沈車變
將《伊索寓言》串連
成爆笑的旅程

各大書店有售！

複雜的人生道理，
一本漫畫就能令孩子一看秒懂

本系列共 2 冊，收錄 **88** 個學生必讀的伊索寓言，以
通俗易明的漫畫手法呈現，教會孩子待人接物的人生
道理，讓他們學會辨別偽、惡、醜，歌頌真、善、美。

集合吧！農場瘋狂小戰士 2
火箭逃亡計劃

作　　者：關景峰
繪　　圖：K 先生
責任編輯：黃楚雨
美術設計：徐嘉裕
出　　版：新雅文化事業有限公司
　　　　　香港英皇道 499 號北角工業大廈 18 樓
　　　　　電話：(852) 2138 7998
　　　　　傳真：(852) 2597 4003
　　　　　網址：http://www.sunya.com.hk
　　　　　電郵：marketing@sunya.com.hk
發　　行：香港聯合書刊物流有限公司
　　　　　香港荃灣德士古道 220-248 號荃灣工業中心 16 樓
　　　　　電話：(852) 2150 2100
　　　　　傳真：(852) 2407 3062
　　　　　電郵：info@suplogistics.com.hk
印　　刷：中華商務彩色印刷有限公司
　　　　　香港新界大埔汀麗路 36 號
版　　次：二〇二四年六月初版

ISBN: 978-962-08-8407-8
© 2024 Sun Ya Publications (HK) Ltd.
18/F, North Point Industrial Building, 499 King's Road, Hong Kong
Published in Hong Kong SAR, China
Printed in China